RÉFLEXIONS

D'UN PATRIOTE.

PRIX, 3o CENTIMES.

PARIS,

Chez CORRÉARD, libraire, Palais-Royal, galerie de bois.

27 avril 1820.

IMPRIMERIE DE MADAME JEUNEHOMME-CRÉMIÈRE,
RUE HAUTEFEUILLE, n° 20.

RÉFLEXIONS

D'UN PATRIOTE.

I.

Il est bon de répéter aux tyrans qui profitent de la
lâcheté de leurs victimes, et aux lâches qui se laissent op-
primer, lorsqu'ils pourraient faire trembler leurs oppres-
seurs : « Un peuple , qui n'a pas le courage de revendi-
quer ses droits , n'est pas mûr pour la liberté ; et comme
il n'est jamais esclave que de son propre choix, il ne
mérite pas qu'on le plaigne » ; mais lorsque l'heure de
l'émancipation est arrivée pour lui , des voix courageuses
sortent de dessous terre , des défenseurs de ses droits sur-
gissent du sol comme par enchantement, et s'écrient :
Liberté ! justice ! raison ! Et ces mots terribles glacent
d'épouvante les despotes grands et petits qui tombent le
front dans la poussière en répétant merci! aux vainqueurs
qui déjà ont oublié leur existence éphémère,

La nation espagnole a langui six années sous un joug
insupportable : aussitôt qu'elle s'est senti la force de le
secouer, il est tombé , il s'est brisé. Sa délivrance s'est
opérée d'une manière plus paisible qu'on n'aurait osé l'es-
pérer : heureuse si la perfidie des vils agens de l'ancienne
tyrannie, et les passions de ses propres libérateurs ne
l'empêchent pas de consolider l'œuvre sainte qu'elle a
entreprise.

Quant au peuple français, il est évident qu'il était plus
près il y a un an qu'aujourd'hui du but que doit se propo-

ser toute société, la paix résultant de la liberté. Il est clair pour tout homme qui ne reçoit pas de traitement pour croire le contraire, que nous ne sommes aujourd'hui ni tranquilles, ni libres. Mais il est clair aussi, que si nous devons accuser l'ambition extravagante de quelques hommes de ce fâcheux état de choses, nous y avons puissamment contribué par notre insouciance et notre timidité ; car sans la majorité compacte qui vote, à tort et à travers, tant de lois désastreuses, nous nous occuperions paisiblement de projets de finances ou d'institutions destinées à consolider l'ordre de choses existant, au lieu de nous demander chaque matin : que se passe-t-il à Lyon ? que dit-on de Rennes ? a-t-on des nouvelles des Pyrénées ? et vingt autres questions malheureusement trop naturelles et qui seraient si déplacées et si peu intéressantes dans des temps ordinaires et sous un régime régulier. Or, cette majorité compacte, qui l'a faite ? Nous ; nous, qui jusqu'en 1819, parmi de véritables défenseurs de nos libertés, et de nos fortunes, n'avons pas rougi de renvoyer à la chambre des députés quelques serviteurs du pouvoir ou de l'aristocratie.

Mais cette incapacité politique, ce patriotisme faussé ou languissant que nous devons à un pouvoir anéanti pour toujours, commence à faire place chez beaucoup de citoyens, à une énergie tout à fait remarquable. La constance avec laquelle tant de particuliers ont affronté le blâme officiel de l'autorité pour rassembler des pétitions ou réunir des collectes patriotiques, a été égalé et même surpassé par le courage de tant qui ont bravé les cachots pour défendre nos droits. Ils les ont bien réellement bravés, puisque la plupart des journalistes patriotes de la capitale sont actuellement poursuivis par le ministère devant des juges que le ministère a institués, et des jurés qu'il choisira, et que tous les journalistes libéraux des départemens, sans exception, sont traités comme ceux de Paris.

Tous sans exception, je me trompe. Le premier d'entre eux, et sans contredit l'un des plus éclairés, des plus utiles et des plus fermes, M. Goyet, de la Sarthe, est encore libre, mais depuis qu'il défend la cause nationale, il n'a pas cessé de mériter l'application de la loi de confiance. On en jugera par quelques extraits de ces deux derniers écrits.

Voïci comment il s'exprimait en terminant le dernier n° du *Propagateur de la Sarthe :* « Habitans instruits des campagnes, tenez des écritures exactes des injustices et des vexations qui seront exercées dans vos cantons ; prenez note des noms des victimes, des agens provocateurs, des délateurs ; le jour de la justice arrivera. En 1815, en 1816, J.... P...... ne se doutait pas que tous ses actes arbitraires, ses folies et jusqu'à ses insolentes paroles étaient crayonnés, jour par jour, et seraient réunis et accumulés dans le véridique Propagateur. J'ai succédé à l'intrépide Rigomer Bazin, un autre me succédera. Jamais la France ne manquera de ces défenseurs courageux qui attachent au gibet de l'ignominie et les délateurs et les proscripteurs ».

Ce petit morceau a été supprimé par la censure dans les journaux de Paris : je m'imagine que les extraits suivans auront le même sort, et voilà pourquoi j'en fais cadeau à mes lecteurs. Ces morceaux sont tirés d'une réponse de M. Goyet à la fameuse circulaire de M. le duc de Richelieu qui fait l'admiration de tous les décimateurs du budjet.

M. le président du conseil ayant prétendu que toutes les carrières sont ouvertes au mérite sans distinction de caste ni de parti, M. Goyet lui montre comment sont composées les administrations des départemens de l'ouest.

« J'y vois, dit-il, des généraux en activité qui, émigrés en 1792, n'ont quitté les drapeaux ennemis qu'en 1814, tandis que des maréchaux de camp, qui ont versé leur sang pour la patrie pendant vingt-cinq ans, demeurent dans l'inactivité. J'y vois des capitaines en exercice qui n'ont fait que le service nocturne des chouans, et des capitaines, jeunes encore, vainqueurs à Jemmapes et à Austerlitz, vivre d'une modique demi-solde. J'y vois des hommes qui n'ont jamais quitté le giron de leurs mères, décorés de la croix de Saint-Louis ; et des légionnaires de la première création couverts des haillons de la misère. J'y vois la presque totalité des ci-devant seigneurs de fiefs, composer, par préférence, les conseils généraux, les conseils d'arrondissement, remplir les places de maires, et avoir, pour conseillers municipaux, leurs gens d'affaires, leurs maréchaux et leurs bourreliers. J'y vois des instituteurs et des institutrices sans écoliers, parce qu'il n'a pas convenu aux curés, juges suprêmes en cette partie, de leur donner des certificats de fanatisme. »

Et plus loin : « Le peuple n'est pas disposé à l'insurrection, il ne s'insurgera pas. Mais si de trop lourds fardeaux lui étaient imposés, s'il était outragé dans ses affections les plus chères, il pourrait opposer en masse une forte résistance légale et naturelle...... Alors, que deviendrait, où se cacherait la minorité oppressive, insolente et tyrannique?... »

..... « Jamais le peuple français ne reconnaîtra, à des mandataires assermentés, le pouvoir légal de rendre obligatoires des actes contraires au droit naturel et destructif de la loi fondamentale. Si le corps législatif avait le pouvoir légal de faire de semblables actes *temporaires*, il aurait donc aussi le droit de les faire pour trente et quarante ans, d'anéantir la Charte?... C'est dans les grandes crises de l'état que les intrépides amis de la Charte se font apprécier. Oui , monseigneur, des cours prévotales seraient établies dans chaque arrondissement, dans chaque canton, les libéraux n'en proclameraient qu'avec plus de zèle les précieuses maximes du droit public des nations. »

Ces morceaux, pleins de vigueur et de vrai patriotisme, sont couronnés par l'annonce de la *souscription nationale*, qui a été ouverte les 30 et 31 mars, dans plusieurs villes du département de la Sarthe.

Félicitons les départemens assez heureux pour posséder des défenseurs des libertés publiques , aussi dévoués et aussi intrépides que le digne M. Goyet.

II.

Le Roi d'Espagne a juré la constitution. Il a juré de la faire maintenir pas tous les moyens de droit ; l'assemblée des Cortès est convoquée pour la mettre en vigueur , et c'est au moment où la nation s'occupe de nommer ses représentans, en vertu de cette constitution, que le *Drapeau blanc* publie un écrit qui , s'il faut l'en croire , circule dans ce moment à Madrid. Il est permis de douter de l'authenticité de cette pièce , malgré la garantie donnée par ce journal, puisqu'on ne la trouve dans aucun des papiers publics de la Péninsule , et d'ailleurs les doctrines que cet écrit renferme , et les expressions dont elles sont revêtues, pourraient bien faire deviner le magasin où il a été fabriqué. Quoi qu'il en soit , je vais tâcher d'en donner une courte analyse , pour montrer jusqu'où peuvent aller l'extravagance , et la mauvaise foi des hommes , qui se disent exclusivement monarchiques. En voici la substance :

Deux grands crimes ont été commis , l'un par l'armée expéditionnaire , et l'autre par les habitans de Madrid , qui ont demandé la constitution de 1812. Le Roi n'est pas libre ; le serment qu'il a prêté à la constitution , est radicalement nul ; il ne peut plus répondre de l'existence des traités qu'il a consentis avec les autres souverains , ce qui *dans le fait* constitue l'Espagne hors du droit des gens , et la sépare du grands corps social de l'Europe.

La constitution est mauvaise , elle attaque la légitimité et la propriété. Il faut donc que les membres des Cortès supplient le roi de nommer un petit nombre de commissaires qui , de concert avec un petit nombre de membres des Cortès , travailleront à rédiger un pacte en harmonie avec le corps social de l'Europe. »

Je ne veux point ici faire l'apologie de l'insurrection , fût-elle légitime en principe contre un pouvoir oppresseur ; je reconnais combien elle est toujours dangereuse dans l'application ; mais je soutiens que si une insurrection générale comme celle dont l'Espagne a été le théâtre vient à éclater , ce n'est pas à la nation qu'on doit imputer le crime de l'insurrection , c'est à ceux qui l'ont provoquée, et rendue nécessaire.

On a beaucoup disputé sur ce chapitre : les uns ont prétendu que l'insurrection était légitime dans certains cas ; d'autres ont soutenu qu'elle était toujours criminelle ; mais à quoi bon tous ces argumens de part et d'autre ? Quand bien même on aurait prouvé que toute insurrection est criminelle en principe, à quoi cela nous mènerait-il ? une insurrection contre le gouvernement établi est toujours un acte de désespoir. Ce n'est qu'après avoir employé tous les moyens qui sont en son pouvoir que le peuple use de ce terrible moyen ; c'est par un vif sentiment de ses maux , et par la conviction intime qu'il ne saurait être plus malheureux , qu'il se décide à prendre les armes : il ne raisonne point , il ne discute point, il se laisse conduire par cet instinct qui porte tout être sensible à rejeter un fardeau qui l'accable. Vous aurez beau prêcher un homme qui est décidé à se délivrer de la vie, il n'accomplira pas moins son dessein, à moins qu'il n'en soit empêché par un obstacle physique.

L'insurrection est l'effet d'une longue irritation dans le corps social, c'est une fièvre qui vient à la suite d'une longue souffrance, c'est une crise qui le plus souvent le ramène à un état de vie et de force. Voilà dans quelle situation le peuple espagnol se trouvait depuis 1814. Ecrasés sous le joug des courtisans et des moines, les fiers Castillans rongeaient le frein qu'on leur avait imposé, ils gémissaient en silence sur la perte d'une liberté qu'ils avaient achetée par tant de sacrifices; ils craignaient cependant de rompre ouvertement avec le souverain auquel ils étaient sincèrement attachés. Ils se flattaient toujours qu'il sortirait de l'aveuglement où il était plongé; mais lorsque cette dernière espérance se fut évanouie, le mécontentement devint général; les soldats de l'île de Léon firent entendre les premiers cris de la liberté; il retentit dans toute la péninsule; le roi, trop long-temps égaré par des conseillers perfides, reconnut la volonté générale de la nation, et il s'empressa d'adhérer à la constitution, objet de tous les vœux.

Je sais que les partisans de la servitude ont prétendu que la grande révolution qui s'est opérée en Espagne n'était qu'une révolte purement militaire, à laquelle la grande majorité de la nation n'avait pris aucune part. Mais à qui persuadera-t-on que cette nation généreuse, qui osa lutter contre des phalanges jusqu'alors invaincues, se soit livrée à la merci d'une soldatesque rebelle ? N'aguère on nous représentait les Espagnols comme un peuple brave, inviolablement attaché à ses lois antiques, et maintenant ils ne seraient plus qu'un ramas d'esclaves pusillanimes qui se

laisseraient gouverner par le sabre ! Les feuilles serviles ai-
ment mieux tomber dans les contradictions les plus étran-
ges, que d'avouer qu'une révolution est amenée par le des-
potisme et surtout qu'elle est opérée par la volonté générale de la nation. Il n'y a pas d'opposition en Espagne, et
voilà ce qui désespère nos ultra de France. Ils comptaient
beaucoup sur le clergé, sur les moines, mais ils ont été
trompés dans leurs espérances. Les curés, les évêques,
ont reçu la constitution avec enthousiasme; si quelques
prêtres ultramontains dévoués à l'inquisition ont tenté de
fomenter des troubles, dans quelques provinces, le patriotisme des citoyens a fait avorter leurs complots. Le sang
que des traîtres ont fait couler dans les murs de Cadix a
coulé inutilement pour les fauteurs de la servitude. Leurs
forfaits ont excité l'indignation de tous les habitans de la
péninsule, et la juste punition des coupables servira désormais à effrayer ces hommes qui conspirent au nom du
trône et assassinent aux cris de *vive le roi*. On ne peut donc
disconvenir que le changement politique qui vient de
s'opérer au delà des Pyrénées n'ait été accompli par la volonté générale de la nation.

Si c'est la nation qui a fait la révolution, ne serait-il
pas absurde de lui dire maintenant : Vous avez commis un
grand crime en osant demander à haute voix la constitution de 1812; vous avez commis un grand crime quand
vous l'avez acceptée de votre souverain. Il n'avait pas le
droit de vous l'accorder, par cela justement que vous la
demandiez; il fallait attendre patiemment qu'il plût à sa
majesté de vous octroyer les garanties qui lui auraient
paru convenables. Tous les citoyens n'auraient-ils pas le
droit de répondre à ces inculpations ? Nous avons attendu
pendant six ans les concessions dont vous nous parlez;
nous avons supporté avec résignation toutes sortes de

vexations et de mépris plus cruels que les supplices pour des hommes généreux; mais à quoi nous a servi cette constance? elle a été un prétexte pour ajouter au poids de nos chaînes; on a cru que parce que nous nous étions soumis à des lois tyranniques, nous nous y soumettrions encore et que nous nous y soumettrions toujours. Mais la patience des peuples se lasse, et lorsqu'ils ne peuvent plus supporter la charge qu'on leur impose, ou ils succombent sous le faix ou ils le rejettent loin d'eux. Et vous dites que nous sommes coupables! ah! si nous avons un tort à nous reprocher, c'est d'avoir attendu si long-temps à secouer un joug insupportable! Vous nous faites un crime d'avoir demandé la constitution, le roi a donc été coupable en jurant de lui être fidèle? Oui, sans doute, il est coupable et très-coupable à vos yeux; vous ne lui pardonnerez jamais de s'être arraché aux caresses de ses courtisans pour se jeter dans les bras de son peuple, vous ne lui pardonnerez jamais d'avoir souscrit un pacte par lequel il ne commandera désormais qu'à un peuple libre! Vous ne lui pardonnerez pas surtout de suivre avec franchise et loyauté, le systême salutaire qu'il a embrassé! Quand une révolution s'opére, vous voulez qu'elle soit sanglante, pour avoir le droit de déclamer contre les excès de la liberté et de prêcher les douceurs de la servitude! Mais encore une fois vous serez frustrés dans vos espérances!

Il est bien certain que, dans les circonstances présentes, le conseil que le *Drapeau blanc* adresse aux Cortès prochaines serait le moyen le plus sûr pour attirer sur l'Espagne les calamités qui ont accompagné la plupart des révolutions. Ce serait ouvrir la porte à l'anarchie. La nation espagnole se trouve dans la plus heureuse position; elle a une constitution toute faite : cette constitution détermine la manière dont les citoyens doivent choisir leurs représentans; elle règle les attributions des pouvoirs exécutif, administratif et judiciaire, de sorte qu'il ne peut y avoir aucune incertitude, aucune oscillation dans la marche du gouvernement, il s'agit seulement de savoir s'il est en-dehors ou en-dedans de la ligne constitutionnelle. Mais si les membres des Cortès élus en vertu de cette constitution s'avisaient de déclarer (comme le désire le *Drapeau blanc*) que la constitution est nulle et qu'il faut charger une commission composée d'un petit nombre de commissaires nommés par le roi, conjointement avec un nombre égal de commissaires nommés par les Cortès, d'en faire une nouvelle, la nation voudrait-elle reconnaître ce corps constituant, et n'aurait-elle pas raison de dire à ses représentans qu'elle les avait nommés pour défendre la constitution et non pour la détruire. Le bonheur réciproque de la nation et du trône dépend maintenant de la religieuse observation du pacte fondamental que Ferdinand a juré de maintenir. Je ne sais ce que le *Drapeau blanc* veut dire lorsqu'il prétend qu'il ne peut garantir l'exécution des traités qu'il a consentis avec les autres souverains. Est-ce qu'un roi ne serait pas libre de changer la forme du gouvernement d'après les vœux et les besoins de ses sujets sans le consentement des autres souverains? Un roi constitutionnel serait-il un roi détrôné, qui ne peut plus inspirer aucune confiance? Braves Espagnols ne craignez point les déclamations mensongères des éternels ennemis de la liberté des peuples; l'Europe vous contemple et vous admire. Vous avez conquis la liberté, vous saurez la défendre. Soyez unis et vous serez heureux et libres.

Oubliez que durant six années vous avez été opprimés au nom de Ferdinand, prenez pour devise *union et oubli,* et vous aurez donné au monde deux grands exemples que l'équitable postérité saura dignement apprécier.

III.

— La commission de censure qui autorise chaque jour la *Quotidienne* à insulter M. Madier de Montjau, n'a point permis aux auteurs de la *Renommée*, de publier la réponse suivante qui leur était adressée par ce respectable magistrat.

Pierrelate (Drôme), 14 avril 1820.

A messieurs les rédacteurs de la Renommée.

MESSIEURS,

LA *Quotidienne* dans son numéro du 4 avril, en torturant une des phrases de ma pétition à la chambre des députés, en tire bénignement la conséquence que j'accuse les suisses d'assassinats. Voici la phrase d'où elle a tiré cette loyale induction.

« . . . . A cette garnison vont succéder des
« suisses. Je ne suis pas encore assez *bon français* , je
« l'avoue, pour ne point m'attrister de voir ces étrangers
« remplacer nos légions ; mais il me suffit de la joie immo-
« dérée qu'en témoignent les hommes de la désastreuse
« année, pour être averti que cet événement est affli=
« geant. »

Il faut avoir la bonne foi de la *Quotidienne*, pour voir dans ces paroles, une accusation directe ou indirecte d'assassinat. Un fait incontestable, c'est que les ultrà se sont extrêmement réjouis de l'arrivée des suisses. Un fait non moins incontestable, c'est que les Suisses sont *étrangers*, et qu'il est permis à tout Français, digne de ce nom, de manifester hautement une préférence pour les troupes nationales.

Mais, dira-t-on, vous ne pouvez ignorer, que pendant un séjour assez long à Nîmes, les Suisses n'y ont commis ni secondé aucun désordre. Loin de nier cette vérité, je suis bien aise qu'on la publie. J'adopte avec joie la pensée qu'en aucune ville ils n'ont mérité l'ombre d'un reproche; et quel ne serait pas le désespoir des bons citoyens, si à l'humiliation de voir nos cités soumises à la surveillance des cohortes étrangères, il fallait ajouter aussi les excès de l'indiscipline. Oui sans doute, les suisses sont disciplinés. Oui, sans doute, ils restent étrangers aux fureurs de la faction implacable qui voudrait en faire des instrumens de vengeance. Si un seul jour les suisses s'étaient écartés de ces règles de conduite, l'opinion nationale déjà si prononcée contre leur séjour en France, se serait soulevée avec une si grande énergie, que le gouvernement aurait été obligé de les faire rentrer dans leur pays.

J'estime la nation Allemande, la nation Espagnole, la nation Russe, et néanmoins la présence de leurs soldats dans nos villes, me pénétrerait de cette douleur profonde, que causait à l'honorable général Foy, la vue de l'anglais Wellington.

Qu'on vante la nation suisse, je suis prêt à souscrire à cet éloge, pourvu que ses soldats laissent nos foyers libres et retournent dans les leurs.

Convaincu que rien n'est à la fois plus déraisonnable et plus funeste que les haines nationales, je consens à ne pas examiner jusqu'à quel point les suisses ont contribué à nos dernières infortunes; je verrais même avec joie une amitié intime s'établir entre les deux peuples, pourvu qu'on cessât de donner pour base à cette alliance, les privilèges également ruineux et humilians que la France accorde en ce moment.

Comme magistrat, j'ai dans une occasion toute récente, remarqué avec un étonnement et un chagrin profond, que par une dérogation exorbitante au droit des gens, jamais les suisses ne peuvent devenir justiciables des tribunaux français, même pour crimes commis en France; mais lors même que les suisses ne seraient pas placés par leurs capitulations au-dessus de nos lois; lors même que je n'aurais à regretter l'éloignement d'aucun ami intime parmi les colonels de notre ancienne garnison française de Nîmes; lors même enfin qu'aucun de nos braves ne gémirait dans l'indigence et dans l'oubli, il suffit que les suisses soient étrangers, pour que je les voye avec affliction remplacer une garnison française.

Si les suisses sont toujours dignes de la liberté que leurs ancêtres conquirent par de si généreux efforts, ils ne seront pas étonnés que leur présence soit un sujet permanent d'ombrage pour un peuple jaloux de ses droits; ils seront les premiers à sentir que des traités compatibles avec l'existence d'un gouvernement absolu, ont cessé d'être exécutables en France, du jour où elle est devenue libre par la Charte.

Voilà, messieurs, ce que la *Quotidienne* sait très-bien, et elle n'ignore pas non plus, qu'on peut désirer aussi ardemment que je le fais, l'éloignement des suisses, sans pour cela les accuser d'assassinat. J'ai cru devoir opposer ces réflexions à ses insinuations calomnieuses, non pas dans l'espoir d'être une seconde fois honoré de ses insultes; mais pour répéter des vérités utiles et pour prouver que le sentiment de la dignité nationale peut et doit s'allier à la modération.

Recevez, messieurs, l'assurance de la considération distinguée de votre obéissant serviteur,

Signé, MADIER DE MONTJAU.

P. S. J'ai l'honneur de vous recommander instamment,

de n'insérer ma lettre qu'en entier, et non par fragmens ;
si la censure s'y oppose, j'aime mieux chercher une autre
voie pour la rendre publique.

Signé MADIER DE MONTJAU.